HÉSIODE ÉDITIONS

DOSTOÏEVSKY

Monsieur Prokhartchine

Hésiode éditions

© Hésiode éditions.

1 rue Honoré - 93500 Pantin.
ISBN 978-2-38512-129-7
Dépôt légal : Décembre 2022

Impression Books on Demand GmbH

In de Tarpen 42
22848 Norderstedt, Allemagne

Monsieur Prokhartchine

I.

Le plus sombre, le plus humble coin du logement d'Oustinia Féodorovna, Sémione Ivanovitch Prohartchine l'occupait. C'était un homme déjà mûr, très sage et qui ne buvait pas. Petit employé, il n'avait d'appointements que juste ce que comportaient ses capacités et Oustinia Féodorovna estimait ne pouvoir décemment lui demander plus de cinq roubles par mois. D'aucuns ne voyaient dans cette longanimité qu'une conséquence de certain calcul tendancieux ; en tout cas, était-ce pour faire la nique aux médisants ? – elle en était venue à traiter M. Prohartchine comme un favori, mais en tout bien, tout honneur. Notons qu'Oustinia Féodorovna, femme des plus respectables et de forte corpulence, et qui faisait preuve d'un penchant très vif pour les viandes et le café en même temps que d'un dégoût marqué pour les jours maigres, avait encore d'autres locataires. Mais ceux-ci payaient deux fois plus cher que Sémione Ivanovitch. Ces êtres turbulents, ces « mauvais blagueurs » s'étaient ruinés dans l'esprit de la logeuse en se moquant d'elle et de sa situation de veuve sans défense. Sans leur ponctualité à payer leurs loyers, elle n'eût jamais consenti, je ne dis pas à les héberger, mais seulement à les voir.

Sémione Ivanovitch avait été promu favori d'Oustinia Féodorovna du jour qu'on avait conduit au cimetière de Volkovo certain cadavre qui, de son vivant, avait trop aimé les liqueurs. Retraité du service civil – pour ne pas dire chassé, ce personnage, en dépit de son œil crevé et de sa jambe manquante – perdus, à ce qu'il disait « dans un accident de bravoure » – ce personnage n'en avait pas moins su gagner toutes les faveurs dont Oustinia Féodorovna pouvait être la dispensatrice et sans doute eût-il encore longtemps vécu en pique-assiette s'il ne fût subitement mort en ivrogne fieffé à la suite de libations immodérées. Cela se passait à Pieski alors qu'Oustinia Féodorovna n'avait que trois locataires, sur lesquels, après transfert et extension de l'établissement, il ne lui resta plus que le seul M. Prohartchine.

Faut-il en incriminer les incontestables défauts de M. Prohartchine ou ceux de ses nouveaux commensaux ? mais, dès le début, les relations ne semblaient pas des plus excellentes. Il faut qu'on sache que les nouveaux pensionnaires d'Oustinia Féodorovna vivaient en vrais frères. Plusieurs étaient employés dans les mêmes bureaux. Ils perdaient tour à tour leur paie en jouant entre eux chaque premier du mois ; tous aimaient à jouir en compagnie des joies de l'existence. Ils se plaisaient aussi parfois à deviser de choses élevées, bien que tout ne se passât pas alors sans escarmouches, mais l'accord se rétablissait bientôt, les préjugés étant bannis de cette république.

Les plus remarquables de ces messieurs étaient Marc Ivanovitch, homme de sens et versé dans les lettres, Oplévaniev, locataire, et Prépolovienko, plein de bravoure et de simplicité. Il y avait aussi Zénobi Prokofitch dont l'unique objectif était d'accéder au grand monde, et le greffier Okéanov, qui avait failli un instant remporter la palme des faveurs d'Oustinia Féodorovna. Il y avait encore un autre greffier, Soudbine, et le bourgeois Kantariov et d'autres. Mais Sémione Ivanovitch, à ce qu'il semblait, n'avait point d'amis parmi eux.

Personne, certes, ne lui voulait de mal, d'autant que, dès les premiers jours, chacun lui avait rendu justice, l'estimant bon et doux, sans grande habitude du monde, mais de rapports très sûrs. Sans doute, il avait ses défauts, mais on pensait que le seul dont il pût éventuellement avoir à souffrir était son manque complet d'imagination.

Outre ce défaut, M. Prohartchine n'avait pas un extérieur de nature à impressionner favorablement qui que ce fût, et c'est à l'apparence que s'attachent le plus volontiers les railleurs ; cependant cet aspect mal prévenant n'avait pas eu pour lui de fâcheuses conséquences. En effet, Marc Ivanovitch, en sa qualité d'homme de sens, avait nettement pris la défense de Sémione Ivanovitch et proclamé dans un style heureusement fleuri que Prohartchine était un homme mûr et sérieux pour qui était passé depuis beaux jours le temps des élégies. En sorte que, si Sémione Ivanovitch n'avait pas d'agréables rapports avec tout ce monde-là, c'était bien uniquement sa faute.

L'attention s'était tout d'abord fixée sur son avarice sordide, que ces messieurs n'avaient pas été longs à découvrir et à mettre à son actif. Ainsi, il ne consentait pour rien au monde à prêter sa théière, fût-ce pour un instant, ce qui se légitimait d'autant moins qu'il ne buvait que fort peu de thé, le remplaçant volontiers par certaine tisane délectable et composée d'herbes champêtres dont il avait toujours une ample provision. Son mode d'alimentation était, d'ailleurs, très particulier. Jamais il ne s'accordait la totalité du menu ordinaire d'Oustinia Féodorovna. Le prix global en étant de cinquante kopeks, Sémione Ivanovitch n'en consommait que la valeur de vingt-cinq kopeks qu'il se faisait servir par portions : du stchi, avec un morceau de pâté ou un plat de viande, mais, le plus souvent, il ne prenait ni stchi, ni viande, se contentant de manger son pain avec des oignons, ou du fromage blanc, ou des concombres au sel, ou tout autre comestible à bas prix, et ne se décidait à revenir aux repas à demi-prix que s'il mourait de faim.

Ici, le biographe avoue qu'il ne se fût jamais abandonné à des détails aussi insignifiants en apparence, à des détails aussi misérables et, disons-le, presque outrageants pour des lecteurs épris de style noble, si ces détails ne constituaient une particularité distinctive, un trait dominant du caractère de notre héros. En effet, M. Prohartchine n'était point dénué de ressources comme il se plaisait à l'affirmer jusqu'au point de ne pouvoir manger à sa faim. S'il se privait sans la moindre vergogne et en tout mépris des médisants, c'était pour la satisfaction de sa folle avarice et aussi par un excès de prévoyance, ainsi qu'on le comprendra mieux ultérieurement.

Mais nous nous ferions scrupule d'ennuyer nos lecteurs d'une revue détaillée de toutes les lubies de Sémione Ivanovitch et non seulement nous renonçons à la description de son costume, si pittoresque et divertissante qu'elle eût pu nous paraître, mais il faut encore qu'Oustinia Féodovna en ait formellement témoigné pour que nous rapportions ceci : jamais Sémione Ivanovitch n'aurait rien confié à la blanchisseuse, ou tout au moins, il s'y serait résolu si rarement qu'on pouvait fort bien ignorer l'existence de la moindre pièce de linge au nombre de ses propriétés mobilières. La logeuse l'a dit : pendant vingt années consécutives, le très cher Sémione Ivanovitch s'était plu à accumuler la pourriture dans le coin à lui dévolu sans en sembler autrement honteux et, outre que, durant toute sa vie terrestre, il n'avait point fait cas des chaussettes, mouchoirs et autres vains ornements, elle avait pu voir de ses propres yeux, par le trou d'un vieux paravent, qu'il lui arrivait de ne pouvoir couvrir la nudité de son corps. Ces bruits ne commencèrent à se répandre qu'après le trépas de Sémione Ivanovitch, car, de son vivant – et c'était de là surtout que provenait sa mésintelligence avec les autres pensionnaires – il ne pouvait souffrir, en dépit des plus amicales relations, qu'on se permît de venir fourrer le nez dans son « coin » sans en avoir, au préalable, sollicité l'autorisation. C'était un homme intraitable, concentré et inaccessible aux vains discours. Il n'admettait pas plus les conseils que les railleries et s'entendait à merveille à river son clou sans tarder à qui s'en avisait : « Donner des conseils ! polisson, un farceur de ton espèce ferait beaucoup mieux de s'occuper de soi-même. Voilà ! » Il n'était pas fier et tutoyait volontiers tout le monde, ne supportant pas l'indiscrétion ni, qu'averti de ses manies, on l'interrogeât malicieusement sur le contenu de son coffret... Sémione Ivanovitch possédait un coffret. Ce coffret placé sous son lit, il le gardait comme la prunelle de ses yeux, encore que chacun sût fort bien qu'il ne renfermait que quelques vieux chiffons, deux ou trois paires de souliers hors d'usage et toutes sortes de hardes et de vieilleries. Il y tenait fort et on l'avait même entendu annoncer son intention de se procurer un nouveau cadenas de fabrication allemande. Le jour qu'entraîné par son imbécillité, Zénobi Prokofitch avait émis cette idée indécente et grotesque que sans doute Sémione Ivanovitch dissimulait ses économies dans ce coffret à l'intention de ses héritiers, toute l'assistance resta atterrée devant les conséquences extraordinaires d'une sortie déplacée.

Tout d'abord, M. Prohartchine ne sut trouver d'expressions convenables pour rétorquer une insinuation aussi saugrenue. Un long instant s'écoula pendant lequel ne sortirent de sa bouche que des paroles dénuées de toute signification. On finit non sans peine par comprendre que Sémione Ivanovitch reprochait à Zénobi Prokofitch un acte déjà ancien mais sordide, puis qu'il prédisait à l'imprudent l'échec certain de toutes ses tentatives de pénétrer dans le grand monde, en même temps qu'une non moins certaine raclée de la part d'un tailleur auquel le dit Zénobi Prokofitch devait quelque argent. Au surplus, ce n'était qu'un gamin :

– Tu prétends devenir enseigne de hussards ! Tu peux te fouiller ; tu ne le seras jamais et par-dessus le marché, quand les chefs connaîtront toutes tes histoires, ils te colleront greffier. Voilà ! Entends-tu, polisson ?

Après quoi Sémione Ivanovitch parut se calmer et se consoler. Mais, au bout de cinq heures de silence, il se reprit à sermonner Zénobi Prokofitch pour la plus grande stupéfaction de l'assemblée. Et ce n'était pas fini. Le soir, quand Marc Ivanovitch et le pensionnaire Prépolovienko organisèrent un thé et qu'ils y eurent convié le greffier Okéanov, Sémione Ivanovitch quitta son lit et vint se joindre à eux en versant sa quote-part de quinze ou vingt kopeks. Ce besoin de thé n'était évidemment qu'un prétexte, car il se mit tout de go à développer copieusement ce thème qu'un homme pauvre, n'étant qu'un homme pauvre, ne saurait songer à faire des économies. Puis, l'occasion se montrant propice, M. Prohartchine en profita pour avouer sa propre pauvreté. L'avant-veille, il avait même pensé emprunter un rouble à certain insolent, mais maintenant, bien sûr qu'il n'en ferait rien. Un pareil polisson n'aurait eu qu'à aller s'en vanter. Quant à lui, Sémione Ivanovitch, il envoyait chaque mois cinq roubles à sa belle-sœur, sans quoi la pauvre femme fût morte et pourtant, si elle eût été morte, il eût pu depuis longtemps s'acheter un habit neuf… Et il parla ainsi fort longuement, fit si bien passer et repasser à travers ses propos et l'homme pauvre, et la belle-sœur, et les cinq roubles, qu'il finit par s'embrouiller et par se taire.

Ce n'est que trois jours plus tard, alors que personne ne pensait plus à le taquiner et qu'on avait complètement oublié cette affaire, qu'il y mit cette conclusion que Zénobi Prokofitch, cet homme insolent, à peine entré aux hussards perdrait sa jambe à la guerre, qu'il n'y aurait d'autre ressource que la substitution d'une jambe de bois à la jambe avariée et que ce serait alors qu'on verrait Zénobi Prokofitch venir demander du pain à Sémione Ivanovitch, lequel, d'ailleurs, se ferait un véritable plaisir de repousser sans un regard les supplications de ce « gamin ».

Il va sans dire que tout cela fut jugé intéressant et curieux au plus haut point. Sans plus de réflexions, l'assemblée des pensionnaires résolut de livrer à Sémione Ivanovitch un assaut décisif. Or, depuis que M. Prohartchine s'était résolu de se mêler à la compagnie, il semblait tenir à rester au courant de tout et multipliait les questions dans on ne sait quel but mystérieux, de sorte que les conflits éclataient sans difficultés ni préliminaires. Pour entrer en matière, Sémione Ivanovitch s'était avisé d'un moyen extrêmement subtil et déjà connu de nos lecteurs : vers l'heure du thé, il quittait son lit, s'approchait du groupe, comme peut le faire un homme modeste, intelligent, affable, et versait les vingt kopeks réglementaires en annonçant son intention de participer à cette petite fête. Toute cette belle jeunesse se concertait en de rapides clins d'œil et l'on entamait aussitôt une conversation d'abord décente et sérieuse.

Mais quelque hardi gaillard se mettait soudain à débiter un choix de nouvelles le plus souvent aussi apocryphes qu'invraisemblables. Par exemple, il avait entendu Son Excellence confier à Demide Vassiliévitch que les employés mariés valaient mieux que les célibataires et que l'avancement leur convenait de préférence ; car les hommes vraiment calmes et sensés acquièrent dans la pratique de la vie matrimoniale de nombreuses capacités. En conséquence, l'orateur, désireux de se distinguer et de voir grossir ses appointements, se proposait de convoler en justes noces avec une certaine Févronia Prokofievnia. Ou bien, on avait souvent remarqué chez certains d'entre ses collègues une telle ignorance des usages mondains et des bonnes manières qu'il semblait impossible de les admettre dans la société des dames. Pour remédier à un aussi fâcheux état de choses, il avait été résolu en haut lieu qu'une retenue serait opérée sur les appointements en vue d'organiser une salle de danse où se pussent acquérir, et la noblesse des attitudes, et la bonne tenue, et la politesse, et le respect des vieillards, et la fermeté du caractère, et la bonté du cœur et le sentiment de la reconnaissance et autres agréables qualités. D'autres fois, on apprenait soudain que tous les employés, même les plus anciens, allaient devoir passer des examens pour qu'on pût se rendre compte de leur degré d'instruction, d'où il résulterait que bien des voiles se déchireraient et que bien des gens se verraient contraints à jouer cartes sur table. En un mot, il se racontait là mille choses plus absurdes les unes que les autres. Tous feignaient la crédulité et, comme très intéressés, faisaient quelques allusions aux effets qu'une telle mesure pourrait avoir pour certains membres de la compagnie, ou, prenant un air triste, ils hochaient la tête, semblant implorer des conseils de tous côtés et qu'on leur enseignât la conduite à tenir en cas d'un pareil malheur.

On le comprend, du reste : même un homme moins simple, moins timide que M. Prohartchine en eût perdu la tête, de tous ces racontars. Et, tous les signes le révélaient manifestement : Sémione Ivanovitch était d'esprit borné et mal préparé à toute idée pour lui nouvelle. De toute évidence, il dut tourner et retourner en sa tête chacune de ces nouvelles à sensation, en chercher le motif, et finir par s'embrouiller dans ce dédale de pensées insolites avant que d'avoir pu les adapter à sa compréhension particulière, et ce jeu avait fait découvrir chez Sémione Ivanovitch un certain nombre de facultés singulières et fort insoupçonnées… Des bruits circulèrent à son sujet et, suffisamment grossis, parvinrent jusqu'à la chancellerie. L'effet en fut encore accentué par des changements apparus dans la physionomie de notre héros, une physionomie qui n'avait pas bougé pendant une succession d'années innombrables. Son visage s'était fait inquiet, son regard soupçonneux et craintif ; il commença de tressaillir et, à chaque nouveau canard, de prêter une oreille attentive et fiévreuse. Pour comble de changement, est-ce qu'il ne devint pas un passionné chercheur de vérité ? Cette manie prit de telles proportions qu'il osa enfin s'informer à deux reprises de l'exactitude des fameuses nouvelles auprès de Démide Vassiliévitch lui-même et, si nous passons sous silence les suites de ces démarches de Sémione Ivanovitch, c'est par pur respect pour sa mémoire.

On en conclut d'abord que c'était une sorte de misanthrope négligent des convenances mondaines ; on le trouva fantasque et l'on ne se trompa pas, car il fut surpris maintes fois à s'oublier par moments, restant là, bouche bée, la plume en l'air, comme pétrifié, plus semblable à l'ombre d'un être intelligent qu'à cet individu lui-même. Et il advint plus d'une fois qu'à l'aspect inattendu de cet œil terne et hagard, tel collègue distrait se mît à trembler au point de laisser choir un pâté sur son rapport ou d'y écrire quelque vocable déplacé. L'indécence d'une pareille conduite offusquait toute personne convenable, si bien qu'on finit par n'avoir plus de doute sur le désordre mental de Sémione Ivanovitch. Un jour même, le bruit se répandit par la chancellerie que M. Prohartchine avait fait peur à Démide Vassiliévitch lui-même qui n'avait pu que reculer lorsque, dans un couloir, il s'était trouvé face à face avec ce personnage d'attitude inquiétante... Quand Sémione Ivanovitch sut cela, il se leva lentement, chercha avec précaution son chemin parmi les tables et les chaises, prit son pardessus et disparut pour un certain temps. Avait-il eu peur ? quelque autre raison l'avait-elle dirigé ? nous ne savons, mais le fait est qu'on ne put le trouver de quelque temps ni chez lui, ni à son bureau...

Nous ne chercherons pas à expliquer les actions de Sémione Ivanovitch par le dérangement de son esprit. Nous ferons seulement remarquer que notre héros n'était point un homme du monde, que timide, il avait vécu jusque-là dans une solitude presque complète, se signalant par un caractère aussi mystérieux que taciturne. Ainsi, pendant tout son séjour à Pieski, il était resté étendu sur son lit derrière le paravent, dans un silence absolu et sans l'ombre de relations. Mystérieux comme lui, ses deux co-locataires d'alors menaient exactement la même vie et ce trio avait passé quelque quinze ans à gésir chacun derrière son paravent. Dans un silence auguste, les heures et les jours s'étaient écoulés heureux et torpides et tout alors allait si bien que ni Sémione Ivanovitch, ni Oustinia Féodorovna ne se rappelaient plus par quel hasard ils s'étaient rencontrés. « Il y a peut-être dix ans, peut-être quinze, peut-être vingt-cinq ans qu'il vit chez moi, le cher homme », disait la femme à ses nouveaux locataires. On jugera donc fort naturel que notre héros se soit trouvé quelque peu troublé et désagréablement au cours de cette dernière année parmi une jeunesse bruyante, lui si sérieux, si réservé.

La disparition de Sémione Ivanovitch provoqua un grand émoi dans la pension, d'abord parce qu'il était le favori et aussi parce que son passeport resté en garde chez la logeuse ne put se retrouver. Pendant deux jours, Oustinia Féodorovna répandit un torrent de larmes suivant son habitude aux moments critiques. Pendant deux jours entiers, elle s'en prit aux autres locataires, gémissant qu'on avait fait toutes les misères imaginables à son pensionnaire et qu'elle l'avait perdu à cause de ces moqueries. Le troisième jour, elle leur enjoignit à tous d'aller chercher l'égaré et de le lui ramener coûte que coûte, mort ou vivant. Vers le soir, on vit rentrer le premier, le greffier Soudbine qui se déclara sur les traces du fuyard. Il l'avait vu au marché de Tolkoutchi et ailleurs ; il l'avait suivi de très près mais n'avait osé lui parler, même lorsqu'il s'était trouvé nez à nez avec lui à l'incendie de la ruelle de Krivoï. Une demi-heure plus tard arrivèrent Okéanov et Kantariov confirmant de point en point le rapport de Soudbine. Ils avaient passé tout près du fugitif, à dix pas peut-être, mais ils n'avaient pas osé lui parler non plus. Tous deux avaient remarqué que Sémione Ivanovitch était en compagnie d'une sorte de mendiant « tapeur » et ivrogne. Arrivèrent enfin les deux derniers locataires. Quand ils eurent attentivement écouté tout ce qui précède, ils décidèrent que Prohartchine ne pouvait pas être loin et qu'il ne tarderait pas à revenir. Ils savaient d'ailleurs depuis longtemps que Prohartchine fréquentait ce mendiant, homme fort peu recommandable, tapageur et sournois, qui avait dû le séduire au moyen de quelque ruse. Cet homme avait fait sa première apparition sous les auspices du camarade Remniov et avait passé quelques jours à la pension. Il avait prétendu « souffrir pour la vérité ». Auparavant, il aurait été fonctionnaire en province et se serait vu révoquer avec ses collègues après le passage d'un inspecteur. Venu à Saint-Pétersbourg, il s'était jeté aux pieds de Porfiri Grigoriévitch en implorant de lui une place dans quelque bureau, place qu'il avait obtenue. Mais, poursuivi par le mauvais sort, il s'était encore trouvé à pied par suite de la fermeture du bureau qu'on avait plus tard réorganisé mais sans le reprendre au nombre des nouveaux employés... en raison de son incapacité administrative et aussi de sa capacité pour un tout autre genre d'occupation, sans parler de son amour de la vérité et des intrigues de ses ennemis. Après ce récit au cours duquel ce Zimoveikine avait plusieurs fois embrassé son ami Remniov, homme morose à la barbe inculte, il avait salué très bas chacun des assistants à tour de rôle, sans omettre la domestique Avdotia, en les proclamant tous ses bienfaiteurs, puis s'avouait, en ce qui le concernait, un être indigne, lâche, importun, tapageur et sot, et priait l'honorable société de ne pas lui en vouloir dans sa misère.

Ayant obtenu la protection de ces messieurs, le sieur Zimoveikine devint aussitôt gai, content, et se mit à baiser les mains d'Oustinia Féodorovna en dépit des modestes protestations de celle-ci, déclarant que ses mains étaient grossières et nullement nobles. Il promit aussi pour le soir même de faire apprécier tous ses talents dans une danse de caractère. Mais, le lendemain même, l'aventure reçut un dénouement lamentable, soit que Zimoveikine eût mis par trop de caractère dans sa danse, soit qu'il eût réellement « déshonoré et outragé » Oustinia Féodorovna comme elle l'affirmait, elle « qui connaissait Iaroslav Ilitch et qui eût pu depuis longtemps être l'épouse d'ober-officier ». En tout cas, Zimoveikine se vit contraint de déguerpir. Il s'en alla donc, revint, se fit à nouveau chasser ignominieusement, sut s'introduire dans les bonnes grâces de Sémione Ivanovitch dont il s'attribua le meilleur pantalon et reparut donc une fois de plus en qualité de séducteur de notre héros.

L'hôtesse ne sut pas plus tôt celui-ci sain et sauf, et la recherche du passeport devenue conséquemment inutile, qu'elle se calma instantanément et s'en fut se reposer. Cependant, quelques-uns des pensionnaires convinrent de faire au fugitif une réception triomphale. Sans scrupule d'en abîmer les charnières ils écartèrent le paravent du lit qu'ils défirent quelque peu et au pied duquel ils placèrent le fameux coffret. Sur le lit même, ils étendirent la « belle-sœur », poupée confectionnée à l'aide du châle de la logeuse, de son bonnet et de son manteau ; cela jouait une personne à s'y tromper. Cette besogne une fois menée à bien, ces messieurs attendirent impatiemment l'arrivée de Sémione Ivanovitch afin de lui annoncer que sa belle-sœur avait quitté sa province pour le venir voir et que cette femme infortunée n'avait eu d'autre ressource que de descendre derrière le paravent. On attendit longtemps…

Marc Ivanovitch eut le temps de jouer et de perdre son salaire d'une quinzaine au bénéfice de MM. Prépolovienko et Kantariov ; Okéanov eut tant de fois le nez battu de cartes en manière de pénitence que cet appendice en devint tout enflé et rougi. Ayant dormi tout son saoul, Avdotia allait se lever pour apporter du bois et chauffer le poêle. Quant à Zénobi Prokofitch, il se fit tremper comme une soupe à force d'aller constamment regarder dans la rue s'il ne verrait pas arriver Sémione Ivanovitch ; mais notre héros ne se montrait point, pas plus que son mendiant d'ami. De guerre lasse, chacun finit par se coucher, mais en laissant, toutefois, la belle-sœur derrière le paravent. Ce n'est que vers quatre heures du matin qu'on entendit à la porte cochère un tapage formidable à constituer déjà une digne récompense des efforts de ces messieurs pour ne pas dormir. C'était lui, lui-même, Sémione Ivanovitch, M. Prohartchine, mais dans quel état ! Ce fut un Ah ! général, une telle émotion qu'on ne pensa même plus à la belle-sœur. Le déserteur semblait sans connaissance. Il fut amené ou mieux encore apporté sur les épaules par un cocher de nuit en guenilles, morfondu et transi. À la logeuse qui demandait où son pensionnaire avait bien pu se saouler de la sorte, le cocher répondit :

– Mais il n'est pas saoul. Je t'assure qu'il n'a pas bu une goutte de quoi que ce soit. Ça doit être une syncope ou un coup d'apoplexie.

Pour plus de commodité, on adossa Sémione Ivanovitch au poêle et l'ayant examiné, on reconnut qu'en effet, il n'y avait pas là d'ivresse, mais non plus d'apoplexie. Sans doute avait-il quelque chose, mais quoi ? car, sans pouvoir remuer la langue, il était secoué de tressaillements et battait des paupières et fixait un regard étonné tantôt sur l'un, tantôt sur l'autre de ces assistants en toilette de nuit. On interrogea le cocher à fin de savoir où il l'avait ramassé :

– Ce sont des messieurs joliment gais qui me l'ont remis tel quel. Ils revenaient de Kolomna. Se sont-ils battus ? A-t-il eu des convulsions ? Qui sait ? En tout cas, c'étaient des messieurs très bien et joliment gais.

On souleva Sémione Ivanovitch et on le porta sur son lit. Quand en s'y étendant, il sentit la belle-sœur à ses côtés et le coffret sous ses pieds, il poussa un cri terrible, se mit presque à quatre pattes et, tout tremblant, s'efforça de couvrir de ses mains et de son corps la plus grande surface possible de sa couchette, tout en jetant sur les assistants des regards sauvages et effarés, comme s'il eût voulu dire qu'il préférait la mort à l'abandon, ne fût-ce que de la centième partie de son bien…

Il resta ainsi couché deux ou trois jours derrière son paravent, à l'écart du monde et de tous ses vains tracas. Dès le lendemain, personne ne pensait plus à lui. Le temps cependant suivait son cours et les heures succédaient aux heures, les jours aux jours. Une sorte de torpeur délirante avait envahi la tête brûlante et lourde du malade. Mais il ne bougeait pas, ne gémissait pas, ne se plaignait pas. Au contraire, il gardait un silence farouche et s'écrasait contre son lit, tel un lièvre effrayé, qui se serre contre la terre à l'approche du chasseur. Par moments un silence morne et désespérant pesait sur le logement, signe que tous les pensionnaires étaient partis chacun à ses occupations, et Sémione Ivanovitch pouvait tout à son aise distraire sa tristesse en écoutant les bruits proches de la cuisine où l'hôtesse vaquait à ses occupations, ou le frôlement courant dans toutes les chambres des chaussures éculées d'Avdotia, qui nettoyait la maison. Des heures s'écoulaient ainsi, heures de paresse et de somnolence, heures monotones, telles les gouttes d'eau qu'on entendait tomber dans le baquet de la cuisine. Puis, un par un ou par groupes, les pensionnaires rentraient et Sémione Ivanovitch pouvait les entendre se plaindre du temps, réclamer le repas, faire du tapage, fumer, se quereller, se réconcilier, jouer aux cartes et entre-choquer les tasses en préparant le thé. Machinalement, le malade faisait un mouvement pour se lever et se joindre à eux en acquittant le droit fixé, mais soudain, il retombait dans sa torpeur. Il rêvait alors que depuis un moment il était à table, prenant le thé et participant à la conversation. Prompt à saisir l'occasion, Zénobi Prokofitch glissait dans l'entretien quelque allusion concernant les belles-sœurs et leurs rapports possibles avec telles honnêtes gens.

Ici, Sémione Ivanovitch s'efforçait de se disculper et de répondre, mais, tombant à la fois de toutes les bouches, la toute-puissante phrase protocolaire : « Nous avons maintes fois remarqué… » lui coupait net toutes ses répliques et il n'avait plus rien de mieux à faire que de rêver du premier jour du mois, jour béni où il touchait les roubles de l'administration. Dans l'escalier, il déployait les billets reçus et, jetant un regard furtif autour de lui, s'empressait de dissimuler la moitié d'un salaire bien gagné dans la tige d'une de ses bottes. Toujours dans l'escalier et, sans se rendre nullement compte que, endormi, toutes ces évolutions, il les accomplissait dans son lit, il se promettait, une fois rentré chez lui, de payer sa pension à son hôtesse, puis il achèterait quelques objets indispensables en faisant bien et dûment constater à qui de droit que des retenues avaient été opérées sur ses appointements, qu'il ne lui restait plus rien à envoyer à sa belle-sœur. Puis il la plaindrait comme il sied et, deux jours d'affilée, il ne parlerait plus que d'elle. Au bout d'une dizaine de jours, il reviendrait encore sur sa misère pour que les camarades en fussent bien plus pénétrés.

Toutes ces décisions prises, il s'apercevait qu'André Yéfimovitch, ce petit homme silencieux et chauve, que trois pièces avaient séparé de lui au bureau pendant vingt ans sans qu'il en eût entendu jamais une seule parole, était, lui aussi, dans l'escalier du bureau, à compter ses roubles pour déclarer en branlant la tête : « C'est de l'argent ! » Et, descendant l'escalier, il concluait tristement : « Point d'argent, pas de nourriture ! » Sur le perron, il ajoutait : « J'ai sept enfants, Monsieur. » Puis, sans scrupule de se conduire comme un fantôme et tout au rebours des lois de la vie réelle, le petit homme chauve s'élevait soudain à une archine et plus au-dessus du sol ; sa main qui tremblait traçant en l'air une ligne oblique descendante, il grommelait que l'aîné allait au lycée, et fusillait M. Prohartchine d'un regard indigné comme s'il l'eût rendu responsable de l'existence de ces sept enfants, enfonçait son chapeau jusqu'aux yeux, tournait à gauche et disparaissait. Sémione Ivanovitch en restait tout secoué et bien qu'absolument sûr de son innocence, commençait à admettre que c'était de sa faute s'il y avait jusqu'à sept enfants en cette malheureuse maison. Pris de peur, il se mettait à courir car il lui semblait bien que, revenu sur ses pas, le petit homme chauve cherchait à le rattraper dans la formelle intention de le fouiller et de lui prendre son argent au nom de ce septain d'enfants, écartant d'autorité toute considération à ses belles-sœurs et à leurs relations possibles avec Sémione Ivanovitch.

Et M. Prohartchine courait, courait toujours à perdre haleine, tandis qu'à côté de lui couraient aussi quantité de gens, dont l'argent bruissait dans les poches de leurs gilets. Puis tout le monde courut, et les trompettes des pompiers sonnèrent, et, des vagues humaines le portant presque sur leurs crêtes, il roula jusqu'au lieu de cet incendie auquel il avait assisté dernièrement en compagnie du tapeur. L'ivrogne, je veux dire M. Zimoveikine, l'y attendait. Il vint à la rencontre de Sémione Ivanovitch, s'empressa autour de lui, le prit par la main et le conduisit jusqu'au cœur compact de la foule. Comme alors, une tourbe houleuse s'agitait autour d'eux, obstruant le quai de la Fontanka entre les deux ponts ainsi que toutes les rues et ruelles avoisinantes. Comme alors, tous deux se trouvaient repoussés, acculés dans un immense chantier de bois tout rempli de curieux venus de la ville, du marché Tolkoutchi, sortis des maisons et des cabarets d'alentour. Il revoyait tout cela aussi nettement que s'il y assistait en réalité et, au travers des tourbillons de la fièvre et du délire, d'étranges figures se mirent à lui passer devant les yeux. Il en reconnaissait quelques-unes. C'était ce monsieur d'aspect si imposant, haut d'une sagène au moins, avec une moustache d'une archine, et qui, pendant tout l'incendie, était resté campé derrière son dos, le complimentant quand notre héros, saisi d'une sorte de transport frénétique, s'était mis à trépigner comme pour applaudir aux prouesses des pompiers qu'il découvrait fort bien de sa place élevée. L'autre était ce grand gaillard qui, d'un coup de poignet, l'avait hissé sur ce mur, qu'il prétendait franchir en vue de je ne sais quel sauvetage. Il vit filer ensuite le visage du vieillard au teint terreux, vêtu d'une robe de chambre élimée que ceignait quelque chose d'indéfinissable et qui, avant qu'éclatât l'incendie, afin de chercher dans quelque épicerie des biscuits et du tabac pour son locataire, fendait maintenant la foule vers le logis en feu où brûlaient sa femme, sa fille et trente roubles et demi cachés sous un lit de plume. Mais la forme la plus nette fut celle de cette pauvre femme dont il avait déjà plusieurs fois rêvé au cours de sa maladie et qu'il revoyait telle qu'elle était, en chaussures d'écorce, un bâton à la main et toute déguenillée, avec un sac tressé sur le dos. Elle braillait plus fort que les pompiers et que la foule ensemble, brandissait sa béquille et gesticulait en disant que ses propres enfants l'avaient chassée et que, du coup, elle avait perdu ses deux pièces de cinq kopecks. « Les enfants… les pièces… les pièces… les enfants… » elle ne cessait d'entremêler ces paroles dans un galimatias incompréhensible et tout le monde avait fini par la laisser là en désespoir de s'y reconnaître. Mais la vieille ne se calmait pas ; elle criait, hurlait, gesticulait, n'accordant aucune attention à l'incendie, ni à la foule, ni au malheur d'autrui, pas plus qu'aux étincelles et aux flammèches qui venaient tomber jusque-là.

Finalement, M. Prohartchine sentait la peur le gagner, car il voyait clairement que tout cela n'était pas si simple et ne se passerait pas comme ça. En effet, tout près de lui, enveloppé d'un manteau déchiré, un paysan montait sur une pile de bois et, les cheveux et la barbe roussis, il se mettait à ameuter la foule contre Sémione Ivanovitch. Et la foule continuait à s'épaissir et le paysan de vociférer et, pétrifié de terreur, Monsieur Prohartchine se remémorait tout à coup que ce paysan n'était autre qu'un certain cocher de fiacre ignoblement volé par lui cinq ans plus tôt, lorsqu'il avait sauté de la voiture avant de l'avoir payée, pour disparaître en coup de vent par une maison à deux issues. Ses talons bondissaient comme s'il avait couru sur une plaque de métal surchauffé. M. Prohartchine voulut crier, parler, mais sa voix s'étranglait dans sa gorge. Il sentait la pression de la foule furieuse qui l'enserrait, tel un serpent multicolore et l'étouffait. Dans un effort surhumain, il se réveillait. Mais ce n'était que pour s'apercevoir que son coin brûlait, avec son paravent et tout l'appartement, Oustinia Féodorovna et ses locataires. Son lit était en flammes et aussi son oreiller, sa couverture, son coffre et jusqu'à son précieux matelas. Sémione Ivanovitch sauta de son lit, s'empara du matelas et courut en le traînant derrière lui. C'est ainsi qu'il pénétra en chemise et pieds nus dans la chambre de son hôtesse où il fut saisi, ligoté et reporté derrière le paravent qui, soit dit en passant, ne brûlait pas du tout – c'est sa pauvre tête, en revanche, qui brûlait ! On le recoucha. Ainsi l'homme aux marionnettes déguenillé, mal rasé et morose range au fond d'une caisse le polichinelle qui s'est suffisamment démené, rossant tout le monde et vendant son âme au diable. Jusqu'à une prochaine représentation, le pantin interrompra son existence, couché dans le coffre en compagnie de ce même diable, du nègre, de Pierrot, de Colombine et de l'heureux amant de cette dernière, le commissaire de police.

Toute la pension s'assembla autour du lit de Sémione Ivanovitch et resta là, faisant converger sur lui des regards curieux. Enfin, il reprit ses esprits et, par pudeur, ou par quelque autre raison, il se mit de toutes ses forces à tirer sur soi la couverture, sans doute afin de se cacher à tous ces yeux compatissants. Le premier, Marc Ivanovitch, rompit le silence et, en homme sensé, commença de dire doucement qu'il fallait se calmer, que c'était une chose mauvaise et honteuse d'être ainsi malade, que c'était bon pour les enfants, qu'il fallait se guérir et reprendre le service. Il termina même par une petite plaisanterie, disant que les appointements des employés malades n'étaient pas encore fixés et que, comme on ne leur donnait pas non plus d'avancement, une telle situation, suivant lui, ne pouvait porter d'appréciables profits. Bref, tout le monde prenait une part évidente à la souffrance de Sémione Ivanovitch et le plaignait.

Mais, avec la plus incompréhensible ingratitude, celui-ci s'obstina à rester au lit, à se taire et à tirer sa couverture. Pourtant, Marc Ivanovitch ne se tint pas pour battu et, se contenant, prononça quelques douces paroles, car on doit des ménagements au malade. Mais Sémione Ivanovitch ne voulait toujours rien entendre. D'un air méfiant, il grommelait on ne sait quoi entre ses dents et soudain il se mit à rouler de droite et de gauche des yeux furieux qui eussent voulu pouvoir réduire à eux seuls toute l'assistance en poussière. Une telle attitude rendait superflus tous les ménagements et, ne se contenant plus, voyant que cet homme s'était juré de s'entêter, très offensé, Marc Ivanovitch se mit en colère, déclara net et sans autre préambule qu'il était temps de se lever, que ça ne rimait à rien de rester ainsi couché sur les deux oreilles, qu'il était sot, indécent et mal élevé de crier nuit et jour des histoires d'incendies, de belles-sœurs, d'ivrognes, de coffres et le diable sait quoi encore, que, si Sémione Ivanovitch n'avait pas envie de dormir, il n'avait pas le droit d'en empêcher les autres et qu'il voulût bien se le tenir pour dit.

Ce discours produisit son effet. Sémione Ivanovitch se tourna tout de go vers l'orateur et lui déclara non sans fermeté, quoique d'une voix faible et enrouée :

– Toi, polisson, tais-toi. Tu n'es qu'un méchant bavard. Te prends-tu donc pour un prince, hein ?

Là-dessus, Marc Ivanovitch s'emportait quand il se ressouvint d'avoir affaire à un malade, se calma et voulut lui faire honte. Derechef, Sémione Ivanovitch riposta, affirmant qu'il ne tolérerait aucune plaisanterie à son égard, fût-ce de la part d'un faiseur de vers comme Marc Ivanovitch. Un silence s'ensuivit. Enfin, revenu de son étonnement, Marc Ivanovitch déclara d'un ton ferme et non sans éloquence que Sémione Ivanovitch devait se savoir en bonne société, qu'il ne devait point ignorer comment on se conduit entre gens du monde. À l'occasion, Marc Ivanovitch cultivait le genre oratoire et aimait imposer à ses auditeurs. Au contraire, et sans doute de par sa longue pratique du silence, Sémione Ivanovitch avait le geste et la parole brefs et, s'il lui arrivait de s'engager dans quelque trop longue période, un mot en déclenchait un autre, cet autre un troisième et ainsi de suite, de sorte qu'en ayant bientôt la bouche pleine, il ne les émettait plus que dans le plus pittoresque désordre. C'est pourquoi, en dépit de toute sa sagesse, il lui arrivait de lâcher des bêtises. Il répondit :

– Tu mens ! Tu n'es qu'un noceur. Mais tu finiras par prendre ton sac et t'en aller mendier. Tu n'es qu'un libre-penseur, un va-nu-pieds. Voilà pour toi, poétaillon !

– Sémione Ivanovitch, vous continuez à divaguer.

– Sais-tu ? répondit le malade, un sot divague, un chien divague et le sage emploie son intelligence. Tu ne connais rien à rien, va-nu-pieds, savant que tu es… livre imprimé ! Un jour, tu prendras feu et tu ne t'apercevras même pas que ta tête brûle. Comprends-tu l'apologue ?

– Eh bien… mais… c'est-à-dire… qu'est-ce que vous dites ? que ma tête brûlera ?

D'ailleurs, Marc Ivanovitch n'acheva pas. Tout le monde voyait bien que Sémione Ivanovitch n'avait pas repris son équilibre mental et qu'il divaguait. Mais la logeuse ne put se tenir de rappeler incidemment qu'il y avait une fille chauve qui avait mis le feu à une maison de la ruelle Krivoï en allumant une bougie et en communiquant le feu au garde-manger. Mais un pareil accident n'arriverait certainement pas ici et tout le monde pouvait se considérer en sûreté dans son coin…

— Voyons, Sémione Ivanovitch, s'exclama hors de lui Zénobi Prokofitch interrompant l'hôtesse, Sémione Ivanovitch, pour qui vous prenez-vous donc ? Nous ne sommes pas à vous raconter des histoires de belles-sœurs, ou d'examens, ou de danse. C'est ça que vous vous figurez, n'est-ce pas ?

— Eh bien, toi, reprit notre héros qui ramassa ses dernières forces pour se soulever sur son lit, furieux de ces marques d'intérêt, eh bien, toi, écoute-moi ça : qu'est-ce qu'un bouffon ? C'est toi ou un chien, mais je ne dirai pas de bêtises pour te faire plaisir. Entends-tu, polisson ? Je ne suis pas ton domestique, Monsieur.

Sémione Ivanovitch voulut encore dire quelque chose, mais, à bout de forces, il retomba sur son lit. Tous restèrent là, bouche bée, devinant où en était maintenant leur commensal et ne sachant trop que faire pour lui porter secours. Soudain, la porte de la cuisine grinça, s'entrouvrit et l'on vit passer une tête – celle de cet ivrogne ami de Prohartchine, le sieur Zimoveikine – une tête qui examina timidement les locaux, à son habitude. On eut dit qu'on l'attendait. Tout le monde lui fit signe d'approcher au plus vite. Enchanté et sans même ôter son pardessus, il s'approcha du lit.

Sans aucun doute, Zimoveikine avait traversé dans la soirée des moments difficiles. Le côté droit de son visage disparaissait sous un pansement ; ses paupières tuméfiées se trempaient du pus épanché par ses yeux et, de sa redingote, de tout son costume en loques, la partie gauche se trouvait enduite d'on ne savait quelle sale boue. Il portait sous le bras un violon qu'évidemment il allait vendre. On n'avait pas eu tort de l'appeler à la rescousse, car, dès qu'il sut de quoi il retournait, il s'adressa à Sémione Ivanovitch d'un air de supériorité consciente, comme un homme qui connaît le bouton à pousser.

— Voyons, Sienka, s'écria-t-il, lève-toi. Voyons Sienka, Prohartchine le sage, rends-toi à la raison. Si tu t'obstines, je te jette hors du lit ; ne t'obstine pas, veux-tu ?

La brève énergie de ce discours ne laissa pas d'étonner les assistants. Mais ils s'étonnèrent encore bien plus en constatant que ces paroles et l'aspect du personnage impressionnaient, effrayaient Prohartchine, à un tel point, que c'est à peine s'il put se décider à murmurer entre ses dents l'indispensable anathème :

— Toi, malheureux, va-t'en. Tu n'es qu'un misérable, un voleur ; entends-tu, propre-à-rien, beau prince, un voleur !

— Non, frère, riposta Zimoveikine, sans perdre un grain de son sang-froid ; sage Prohartchine, tu n'agis pas comme il faut — et, jetant autour de lui un regard satisfait, il poursuivit : — et puis, pas d'histoires, n'est-ce pas ? Je te conseille de céder si tu ne veux pas que je te démasque, que je raconte tout, entends-tu ?

Sémione Ivanovitch sembla vivement frappé de ces paroles : il tressaillit et se mit à promener autour de lui des regards effarés. Enchanté de son effet, M. Zimoveikine allait continuer quand Marc Ivanovitch devança son zèle et, voyant Sémione Ivanovitch un peu remis, il lui fit observer que « la culture de semblables conceptions était, pour le moment, non seulement inutile, mais encore nuisible, non seulement nuisible, mais absolument immorale, que c'était faire tort aux autres et leur donner le plus funeste exemple. » Tous attendaient le meilleur résultat de cette homélie, d'autant plus que Sémione Ivanovitch, tout à fait calme, maintenant, y répondit avec modération. Une courtoise discussion s'engagea. Avec un fraternel intérêt on s'enquérait auprès de Sémione Ivanovitch de ce qui avait pu l'effrayer pareillement. Il répondit, mais fort évasivement ; on insista, il répliqua ; chacun des deux partis reprit encore une fois la parole et puis tout le monde s'en mêla et la conversation prit un tour tellement étrange et surprenant que positivement, c'est à ne pas savoir comment la rapporter. La modération se mua en impatience, l'impatience en cris, les cris en larmes et, furieux, Marc Ivanovitch finit par s'en aller, l'écume aux lèvres, en déclarant que jusqu'alors, il n'avait point rencontré d'homme aussi contrariant. Oplévaniev cracha de mépris ; Okéanov parut effrayé ; Zénobi Prokofitch pleura et Oustinia Féodorovna répandit un ruisseau de larmes, gémissant que « c'en était fini de son locataire, qu'il avait perdu la raison, et allait mourir si jeune, sans passeport, qu'elle était orpheline et que, bien sûr, on la menait à l'abîme. » En un mot, tout le monde put se convaincre que la semence avait bien pris, que tout avait germé à souhait, que le sol avait été béni et que Sémione Ivanovitch s'était merveilleusement bien et irrémédiablement dérangé la tête en leur compagnie. Tous se turent car, s'ils avaient su terrifier Sémione Ivanovitch, eux-mêmes avaient peur maintenant et se sentaient pleins de compassion…

– Comment ! s'écria Marc Ivanovitch. Mais que craignez-vous donc ? Quelle mouche vous pique ? Qui diable pense à vous seulement ? De quel droit tremblez-vous ainsi ? Qu'est-ce que vous êtes donc ? Un simple zéro, Monsieur, moins qu'une pelure d'orange ! voilà ce que vous êtes. Y a-t-il là de quoi se frapper ? Si une femme est écrasée dans la rue, allez-vous vous imaginer que vous devez l'être aussi ? Et si une maison brûle, pensez-vous que votre tête doive brûler aussi ? Hein ? Eh bien, voyons, Monsieur, quoi donc ?

– Tu… tu… tu… es bête ! marmottait Sémione Ivanovitch. On te mangera le nez… tu le mangeras toi-même avec du pain sans seulement t'en apercevoir.

– Bête ! bête ! vociférait Marc Ivanovitch n'en pouvant croire ses oreilles. Soit : mettons que je suis bête. Mais est-ce que j'ai des examens à passer ? à me marier ? à apprendre la danse ? est-ce que la terre va me manquer ? Quoi, petit père, vous n'avez pas assez de place ? Le plancher va-t-il s'effondrer sous vous ?

– Oui, oui… on te demandera ton avis… On la fermera, voilà tout.

– Voilà tout ! voilà tout !… qu'est-ce qu'on fermera ? Qu'est-ce que c'est encore que cette histoire-là, hein ?

– Ça n'empêche pas que l'ivrogne, on l'a renvoyé…

– Bon, on l'a renvoyé, mais c'est un ivrogne, tandis que vous ou moi, nous sommes des hommes convenables !

– Convenables, bon. Et, pourtant, elle est toujours là…

– Toujours !… Qui ça, elle ?

– Mais, la chancellerie !… la chan… celle… rie ! ! !

– Bien sûr, estropié de cervelle ; on en a besoin, de la chancellerie…

– On en a besoin ; on en a besoin aujourd'hui, demain, et puis, après-demain, il peut très bien arriver qu'on n'en ait plus besoin. C'est toujours la même histoire…

– Mais alors, on vous paierait d'un coup vos appointements de toute l'année, eh ! Thomas, car vous êtes Thomas, l'incrédulité en personne. Et, en considération de vos services anciens, on vous placerait dans une autre administration…

– Mes appointements, je serai bien obligé de les manger ; des voleurs m'en prendront et puis, j'ai une belle-sœur, entends-tu ? une belle-sœur, tête de bois !

– Une belle-sœur ! allons, êtes-vous un homme ?

– Un homme, oui, je suis un homme et toi, tout savant que tu es, tu es un imbécile, une tête de bois, voilà ce que tu es. Je n'ai pas besoin de répondre à tes boniments... Il vient un moment où toute place se supprime ; Démide Vassiliévitch, entends-tu ? Démide Vassiliévitch l'a bien dit aussi.

– Ah ! Démide, Démide... Mais...

– Parfaitement et on se trouve tout bonnement sans place. Essaie donc de répondre à ça !

– Allons donc, vous nous racontez des blagues à moins que vous n'ayez attrapé un coup de marteau, tout simplement. Pas de fausse honte, dites-le si c'est vrai : hein, mon petit père, vous avez perdu la tête ?

– Il a la tête perdue, il est fou ! s'écriait-on en se tordant les mains de désespoir. La logeuse dut saisir Marc Ivanovitch à bras le corps de crainte qu'il ne mît Semione Ivanovitch en pièces.

– Sienka, au cœur si tendre, Sienka le sage, suppliait Zimoveikine, as-tu donc une âme de païen ? Toi si simple, si gentil et si vertueux, ne m'entends-tu-pas ? Hélas ! tout cela ne vient que de ton excès de vertu ; moi, je ne suis qu'un stupide faiseur de tapage, un sale mendiant et, pourtant, cet excellent homme ne m'a pas repoussé et il me traite avec considération. Je le remercie ainsi que la patronne ; je les salue jusqu'à terre et, ce faisant, je ne fais que mon devoir, petite patronne.

Ici, Zimoveikine salua en effet jusqu'à terre, d'un geste qui n'était pas dépourvu de noblesse. Sémione Ivanovitch voulut poursuivre son discours, mais, cette fois, on ne lui en laissa pas le loisir : ce fut un tollé général de supplications, d'arguments persuasifs, de consolations, tellement qu'il finit par avoir honte et, d'une voix faible, demanda à s'expliquer.

– Très bien, dit-il, c'est entendu : je suis gentil et doux, et vertueux et fidèle, et dévoué ; je donnerais jusqu'à la dernière goutte de mon sang, entends-tu, gamin… pour garder ma place ; mais je suis pauvre et si on la… ah ! silence, toi !… elle existe maintenant, et puis, tout d'un coup, il n'y en aura plus… comprends-tu ? Alors, moi, je m'en irai par les chemins, mon sac sur le dos, entends-tu ?

– Sienka ! hurla Zimoveikine d'une voix plus forte que le tumulte, tu n'es qu'un libre-penseur et je vais tout raconter. Qu'es-tu donc ? Un gueulard, tête de bélier ! un imbécile, un faiseur de chahut qui se fera balayer de sa place sans cérémonies ! qu'es-tu donc ?

– C'est cela même… fit Sémione Ivanovitch.

– Comment cela même ? Allez donc causer avec lui !…

– Oui, comment parler avec lui ?

– Bien sûr, quand on est libre, on est libre ; mais quand on reste au lit…

– Comme un libre-penseur, comme un voltairien… Sienka, tu n'es qu'un libre-penseur, un libre-penseur !

– Assez ! cria M. Prohartchine en agitant la main pour demander du silence. Mais comprends, comprends donc, idiot : je suis timide, timide aujourd'hui, timide demain, et puis, un beau jour, je perds ma timidité, je lâche une insolence et va te faire fiche… et je deviens libre-penseur !…

– Mais qu'est-ce qu'il a ? tonna de nouveau Marc Ivanovitch, en bondissant de la chaise où il s'était assis pour se reposer et se précipitant vers le lit, tout bouleversé, et tremblant de rage, mais qu'est-ce qu'il a ? Espèce d'idiot que vous êtes ! Et quand vous n'auriez ni feu ni lieu ? Est-ce que le monde n'est fait que pour vous ? Seriez-vous un Napoléon, quoi ? Qu'est-ce que vous êtes ? Êtes-vous Napoléon ? Êtes-vous Napoléon, oui ou non ? Mais répondez donc un peu, Monsieur, si vous êtes Napoléon ?

Mais M. Prohartchine ne répondit pas. Non que cette idée d'être un Napoléon l'emplit de confusion ni qu'il redoutât d'assumer une pareille responsabilité, mais il se trouvait hors d'état de discuter, de dire quoi que ce fût de raisonnable… Une crise s'ensuivit. Un flot de larmes jaillit de ses pauvres yeux gris brûlés par la fièvre ; il se cacha le visage de ses mains amaigries et osseuses et se mit à parler à travers ses sanglots, gémissant qu'il était si pauvre, si malheureux, si simple, si sot, si ignorant qu'on devait avoir la bonté de lui pardonner, de le soigner, de le défendre, de lui donner à manger et à boire, de ne pas l'abandonner… Dieu sait ce qu'il ne dit pas. Tout en se lamentant, il jetait autour de lui des regards terrifiés comme s'il se fût attendu à ce que le plafond s'effondrât, à ce que le plancher s'enfonçât. Chacun le plaignait, les cœurs s'amollissaient de plus en plus. Toute sanglotante, la logeuse recoucha elle-même le malade. Enfin pénétré de l'inutilité de ses attaques contre la mémoire de Napoléon, Marc Ivanovitch reprit ses bonnes dispositions et accorda son assistance pour cette besogne. Jaloux de se rendre utiles de leur côté, les autres proposèrent de préparer de la tisane de framboises d'un effet immédiat et souverain dans toutes les maladies. Mais Zimoveikine s'éleva contre cette prétention. D'après lui, rien ne valait une bonne tasse de camomille. Quant à Zénobi Prokofitch, avec son cœur excellent, il sanglotait, émettait des torrents de larmes et criait son repentir d'avoir épouvanté Sémione Ivanovitch en lui racontant toutes ces stupides histoires. Puis considérant que le malade s'était plaint de sa pauvreté et avait imploré l'aumône, il ouvrit une souscription, pour le moment bornée au petit cercle des pensionnaires. Chacun soupirait et se lamentait, et plaignait le sort misérable de Sémione Ivanovitch, sans pourtant parvenir à comprendre une pareille et aussi subite terreur. Mais à quel propos ? Encore, s'il eût occupé quelque importante situation et qu'il eût eu femme et enfants ; s'il se fût vu traîné devant un tribunal, mais il ne valait pas tripette, n'ayant pour tout bien qu'un vieux coffre avec un cadenas allemand ; il était resté pendant vingt ans couché derrière un paravent, ignorant tout du monde, de la vie et de ses peines. Et voilà tout à coup, pour une vaine et sotte plaisanterie, qu'il se mettait la tête à l'envers et s'épouvantait à cette découverte que la vie est dure… Mais ne l'est-elle pas pour tout le monde ? « S'il eût seulement pris la peine, comme le dit plus tard Okéanov, de penser que la vie est également dure pour tout le monde, il eût gardé sa raison, et eût continué à vivre comme nous tous. »

De toute la journée, il ne fut question que de Sémione Ivanovitch. On revenait constamment près de lui ; on lui demandait comment il allait ; on lui prodiguait les consolations… Mais vers le soir, il n'avait plus besoin de consolations, en proie à la fièvre, au délire. On fut sur le point d'aller chercher un médecin et tous les pensionnaires s'engagèrent à le soigner et à le veiller toute la nuit à tour de rôle afin qu'on fût prévenu en cas d'alerte. C'est pourquoi, ayant installé au chevet de Sémione Ivanovitch son camarade, l'ivrogne, ces messieurs organisèrent une partie de cartes destinée à les tenir éveillés. Mais comme on jouait à la craie, cela ne présentait aucun intérêt et on s'ennuya bientôt. Alors, on laissa le jeu et l'on se mit à discuter jusqu'à brailler et à taper sur la table, si bien que chacun finit par réintégrer son coin en vociférant des paroles violentes. Comme ils étaient tous furieux, personne ne voulut plus monter la garde. Tout le monde finit par s'endormir et bientôt régna sur l'appartement un silence d'oubliette. De plus, le froid était intense. Okéanov s'endormit l'un des derniers et voici ce qu'il raconta plus tard :

« Songe ou réalité, j'ai eu l'impression que, tout près de moi, deux hommes causaient vers deux heures du matin. » Il avait reconnu Zimoveikine en train de réveiller son ami Remniov et le couple s'était entretenu pendant un temps fort long. Puis le dernier s'était éloigné et il l'avait entendu essayer d'ouvrir la porte de la cuisine avec une clef. La patronne certifia par la suite que cette clef se trouvait sous son oreiller et qu'elle avait disparu cette nuit-là. Puis Okéanov avait cru entendre les deux hommes s'en aller derrière le paravent du malade et y allumer une bougie.

Au surplus, il n'en savait pas davantage, car il s'était endormi pour ne se réveiller qu'avec les autres au moment où tous s'étaient précipités à bas du lit sur un cri à réveiller un mort. Il leur avait semblé à tous voir disparaître la lueur d'une bougie. Pendant cette alerte, le bruit confus d'une lutte retentissait derrière le paravent. Lorsqu'il y eut de la lumière, on put constater que c'étaient Remniov et Zimoveikine qui se battaient, s'accablaient de reproches et s'agonisaient d'injures. Remniov cria même :

– Ce n'est pas moi ; c'est cet assassin !

– Lâche-moi ! vociférait M. Zimoveikine. Je suis innocent et prêt à en prêter serment !

Ils n'avaient plus figure humaine, mais, tout d'abord, on n'y fit guère attention, car le malade avait quitté son lit. Ce n'est qu'une fois les belligérants séparés qu'on retrouva M. Prohartchine étendu sous sa couche et probablement sans connaissance. Il avait attiré sur lui sa couverture et son oreiller, de sorte qu'on ne voyait plus sur le lit qu'un matelas vétuste et crasseux sans l'ombre de draps – il n'y en avait d'ailleurs jamais eu. On retira Sémione Ivanovitch de sa position inférieure et on le recoucha sur le matelas, mais on s'aperçut tout aussitôt que tout serait inutile et que c'en était fait de lui : ses membres se raidissaient et il soufflait à peine. On l'entoura ; il tremblait de tout son corps ; on le voyait bien s'efforcer de gesticuler et de parler, mais il ne pouvait pas plus bouger les mains que la langue. Pourtant, il battait des paupières, un peu comme, dit-on, battent celles des têtes que vient de trancher le bourreau, encore chaudes et saignantes.

Enfin, tressaillements et convulsions s'arrêtèrent. M. Prohartchine allongea les jambes et s'en fut rendre compte de ses bonnes et de ses mauvaises actions. Que lui était-il arrivé ? Avait-il eu peur ? Avait-il eu un cauchemar, comme l'affirma plus tard Remniov ? Y avait-il eu autre chose ? On n'en savait rien. Le fait est que, quand même le commissaire en personne se fût présenté dans l'appartement pour en chasser Sémione Ivanovitch, en raison de ses opinions voltairiennes et de son ivrognerie, ou qu'une mendiante fût entrée en se disant la belle-sœur, quand même on fût venu lui dire qu'il avait droit à deux cents roubles de gratification, quand même son lit eût pris feu et que sa tête eût brûlé, il est probable qu'il n'eût pas bougé un doigt. Mais, pendant que se dissipait le premier saisissement, que les assistants recouvraient peu à peu le don de la parole et commençaient à mettre sur pied leurs hypothèses, qu'Oustinia Féodorovna fouillait fébrilement sous l'oreiller, sous le matelas et jusque dans les bottes du défunt, et qu'on faisait subir un interrogatoire sommaire à Remniov et à Zimoveikine, le locataire Okéanov, jusque-là le plus borné, le plus timide et le moins ardent, recouvrait soudain, avec toute sa présence d'esprit, l'universalité de ses talents et de ses dons naturels, saisissait son chapeau et s'esquivait. Et, au moment où les horreurs de l'anarchie atteignaient leur comble dans cet appartement jusqu'alors si paisible, la porte s'ouvrit et, plus impressionnant que la foudre, on vit apparaître un monsieur de noble allure, au visage sévère et mécontent, suivi de Yaroslav Ilitch et de son chapitre derrière lesquels se tenait, confus, M. Okéanov lui-même. Le monsieur à l'air noble et sévère marcha droit au lit sur lequel reposait Sémione Ivanovitch, le tâta, fit une grimace, haussa les épaules et déclara que c'était couru, que l'homme était mort, en rappelant toutefois que le même accident était arrivé ces jours derniers à un monsieur des plus honorables et d'une haute taille, à qui il avait pris comme ça l'idée de trépasser. Alors, il s'éloigna du lit, dit qu'on l'avait dérangé pour rien et sortit.

Yaroslav Ilitch prit tout aussitôt sa place, Remniov et Zimoveikine se trouvant remis aux mains de qui de droit. Le commissaire posa quelques questions, s'empara fort adroitement du coffre que la logeuse se préparait à ouvrir, remit les bottes à leur place en faisant observer qu'elles étaient toutes trouées et hors d'usage, se fit remettre l'oreiller, appela Okéanov, demanda la clef du coffre qui se retrouva comme par hasard dans la poche de l'ivrogne Zimoveikine et ouvrit le réceptacle des trésors de Sémione Ivanovitch. Rien n'y manquait : il y avait bien là deux torchons, une paire de chaussettes, la moitié d'un mouchoir, un vieux chapeau, plusieurs boutons, de vieilles semelles et des tiges de bottes, en un mot toutes sortes de loques empestant le moisi. Il n'y avait guère de bon que le cadenas allemand. Sévèrement interpellé, Okéanov se déclara tout prêt à prêter serment. L'oreiller fut examiné : il n'offrait d'autre particularité que sa malpropreté singulière, mais, sous les autres rapports il était tout pareil à n'importe quel autre oreiller. On s'en prit alors au matelas ; on commença de le soulever et on s'arrêtait pour réfléchir un instant quand un objet tomba lourdement sur le sol avec un bruit métallique. On le ramassa, on le tâta et l'on reconnut que c'était là un rouleau d'une dizaine de roubles.

— Hé ! hé ! hé ! fit Yaroslav Ilitch en désignant l'endroit où le matelas était percé et par où passaient le crin et le coton dont il était farci. On y regarda de plus près et on vit que la déchirure, longue d'une demi-archine, avait été faite tout récemment avec un couteau qu'on découvrit dans le matelas en introduisant la main et qui n'était autre que le couteau de cuisine de la logeuse. Yaroslav Ilitch n'avait pas encore fini de prononcer un nouveau : « Hé ! hé ! » que tomba un second rouleau suivi de quelques pièces de monnaie de différentes valeurs. Le tout fut immédiatement saisi. Alors, on estima bon d'ouvrir le matelas et on demanda des ciseaux.

Un bout de bougie tout coulant éclairait là un tableau fort intéressant pour un observateur. Une dizaine de locataires étaient groupés autour du lit dans les plus pittoresques costumes, tout ébouriffés, non rasés, non débarbouillés et tout bouffis de sommeil. Les uns étaient fort pâles, les autres ruisselaient de sueur ; les uns tremblaient de fièvre, les autres étaient secoués de frissons. Absolument hébétée, la logeuse se tenait là timide, les bras croisés dans l'attente du bon plaisir de Yaroslav Ilitch ; tandis que, du haut du poêle, la servante Avdotia et la chatte favorite de la patronne contemplaient d'un air de curiosité effarée cette scène circonscrite par le paravent désemparé. Le coffre éventré révélait le mystère dégoûtant de ses entrailles ; la couverture et l'oreiller traînaient à terre sous le rembourrage arraché du matelas. Enfin, on vit étinceler sur la table boiteuse un amoncellement de pièces d'argent et d'autres monnaies. Sémione Ivanovitch conservait son calme, tranquillement allongé sur son lit sans paraître pressentir sa ruine. Au moment qu'on apporta les ciseaux et que jaloux de faire du zèle, un sous-ordre de Yaroslav Ilitch, tira quelque peu brusquement sur le matelas pour le dégager plus vite de dessous son propriétaire, Sémione Ivanovitch très poliment, commença de faire place en roulant sur le flanc de manière à tourner le dos aux spectateurs ; au second coup, il se tourna sur le ventre, puis, il roula encore et, comme il manquait une planche au châlit on le vit subitement plonger la tête en bas, n'offrant plus aux regards que deux pieds osseux, maigres et bleuis, tout pareils à des branches d'arbres calcinées. Comme c'était pour ce matin-là, le deuxième plongeon de M. Prohartchine dans cette direction, un soupçon s'éleva et sous la conduite de Zénobi Prokofitch, quelques locataires grimpèrent sur le lit afin de voir s'il n'était point par là quelque chose de caché. Mais ces prospecteurs se cognèrent inutilement le front au mur et sur l'injonction assez brève de Yaroslav Ilitch les invitant à dégager immédiatement le lieu de ses constatations, deux des plus raisonnables saisirent chacun une jambe, tirèrent à eux ce capitaliste inopiné et le posèrent une fois sur le lit. Cependant, les poignées de crin et de coton continuaient à voler de tous côtés et l'argent formait des monceaux toujours croissants… On avait extrait du matelas de nobles roubles, pesants et épais, des roubles et demi, des pièces de cinquante kopecks et des pièces plébéiennes de vingt-cinq kopecks, du menu fretin de vieille femme, c'est-à-dire des pièces de dix et de cinq kopecks en argent. Chaque espèce était soigneusement enveloppée de papier et rangée selon un ordre méthodique et bien établi. Il y avait même des pièces rares : deux jetons, un napoléon, une monnaie inconnue et rarissime sans doute… Quelques-uns de ces roubles remontaient à des temps anciens : monnaie usée et hachurée de l'époque d'Élisabeth, de Pierre le Grand, de Catherine, thalers crucifères allemands. On y trouvait également des monnaies devenues à présent très rares : des pièces d'argent de quinze kopecks trouées pour servir de boucles d'oreilles et complètement usées ; des pièces de cuivre couvertes de vert de gris. On vit apparaître un billet de banque rouge – il n'en existait plus. Enfin lorsque prit fin cet examen d'anatomie et lorsque ayant secoué la fourre du matelas, on fut certain que plus aucune monnaie n'y sonnait plus, on posa tout l'argent sur la table et on se mit en devoir de le compter. À première vue, on était porté à s'imaginer qu'il y en avait là pour un million. Cependant, bien qu'il y en eût loin d'un million, la somme était encore considérable, en tout : deux mille quatre cent nonante-sept roubles cinquante kopecks. Donc, si la souscription proposée la veille par Zénobi Prokofitch s'était réalisée, il eût pu y avoir deux mille cinq cents roubles.

L'argent fut empaqueté. On apposa les scellés au coffre du mort et, sur l'audition des doléances de la logeuse, on lui expliqua où et quand elle devrait présenter le certificat établissant la dette de son défunt locataire vis-à-vis d'elle. La signature de ceux qui la devaient fut exigée et deux mots furent touchés relativement à la fameuse belle-sœur. Mais il devint tout de suite évident que cette belle-sœur n'était qu'un mythe, produit de l'insuffisante imagination si souvent reprochée au pauvre Prohartchine et l'on en abandonna toute idée comme fort inutile et de nature à nuire au bon renom de M. Prohartchine. La première émotion passée, quand on sut ce qu'était le défunt, tous devinrent silencieux et se prirent à échanger des regards de défiance. Prenant à cœur la façon d'agir de Sémione Ivanovitch, certains s'en sentirent profondément froissés... Une pareille fortune ! Comment cet homme avait-il pu amasser une aussi forte somme ?

Très maître de soi, Marc Ivanovitch entreprit d'expliquer pourquoi Sémione Ivanovitch était soudain tombé dans cette maladie de frayeur, mais on ne l'écoutait plus. Zénobi Prokofitch devint pensif, Okéanov but un tantinet, les autres se tassèrent sur eux-mêmes et le petit Kantariov, que distinguait un nez en bec de moineau, déménagea le soir même après avoir soigneusement collé et ficelé ses paquets en expliquant d'un ton froid aux questionneurs que les temps étaient durs et les loyers de cette maison fort élevés. Quant à la logeuse, elle pleurait sans discontinuer, maudissant ce Sémione Ivanovitch qui n'avait pas craint de faire tort à une pauvre orpheline. Quelqu'un ayant demandé à Marc Ivanovitch pourquoi, à son sens, le défunt ne mettait pas son argent en quelque banque, il répondit :

– Que voulez-vous ? c'était un simple d'esprit ; il manquait d'imagination.

– Et vous, petite mère, vous n'étiez pas moins simple, interjeta Okéanov. Pendant vingt ans cet homme que jeta bas une seule chiquenaude, est resté chez vous et vous n'avez pas trouvé le temps de... hé ! hé ! petite mère !

– Oh ! que dis-tu ? riposta la logeuse à celui qui avait interpellé Marc Ivanovitch, feignant de ne pas entendre les paroles tendancieuses d'Okéanov, à quoi bon la banque ? Il n'avait qu'à m'en apporter une bonne poignée et à me dire : « Tiens, jeune Oustiniouchka, voilà pour toi et nourris-moi jusqu'à la fin de mes jours. » Je te jure sur les saintes icônes que je l'aurais nourri, que je l'aurais soigné... Ah ! le menteur ! Il m'a bien trompée, une pauvre orpheline !

On revint près du lit de Sémione Ivanovitch. Il était maintenant convenablement couché, vêtu de son meilleur et d'ailleurs unique habit, et son menton raidi s'embusquait derrière la cravate mal mise. On l'avait lavé, peigné, mais non pas rasé parce qu'on n'avait pu trouver de rasoir dans l'appartement. Il y en avait bien eu un, propriété de Zénobi Prokofitch, mais complètement émoussé, il avait été vendu avantageusement au marché de Tolkoutchi et, depuis ce jour, les locataires allaient tous se faire barbifier chez le coiffeur. On n'avait pas trouvé le temps de réparer le désordre du coin de Sémione Ivanovitch. Le paravent brisé gisait à terre dévoilant la solitude de celui qu'il avait recelé si longtemps et symbolisant cette vérité que la mort arrache tous les voiles, démasque tous les secrets, découvre toutes les intrigues. Le capitonnage du matelas jonchait tout le plancher et un poète n'eut pas manqué de comparer ce coin maintenant refroidi et dévasté au nid brisé d'une hirondelle « ménagère ». Tout est démoli par la tempête ; la mère et les petits sont morts et le petit lit chaud, si amoureusement fait de plumes et de duvet, est maintenant dispersé…

D'ailleurs, Sémione Ivanovitch avait plutôt l'air d'un vieil égoïste ou de quelque moineau voleur. Il était là, bien tranquille, comme un qui a la conscience en paix, comme s'il n'avait pas été l'artisan de ces tours à tromper les braves gens de la plus ignoble façon. Il n'entendait plus les pleurs de sa logeuse abandonnée. Tout au contraire, tel un malin capitaliste déterminé jusqu'à la tombe à ne pas perdre son temps dans l'inactivité, on l'eut dit entièrement absorbé par des calculs de spéculation. Son visage exprimait une méditation profonde et ses lèvres se serraient dans un air de gravité dont on ne l'eut jamais cru capable de son vivant. Il paraissait avoir beaucoup gagné en intelligence et tenait l'œil droit à demi-fermé comme s'il eût voulu faire saisir à la hâte quelque chose de fort important et qu'il n'avait pas le temps de développer… Il semblait dire :

« Eh bien, as-tu bientôt fini de pleurer, espèce de sotte ? Vas donc dormir, entends-tu ? Je suis mort et n'ai plus besoin de quoi que ce soit. Ah ! qu'il fait bon à être ainsi couché… Puisque je te dis que je suis mort ! C'est bien impossible, mais, tout de même, si je n'étais pas mort et que je me levasse tout d'un coup, que crois-tu que ça ferait, hein ? »